玩轉科技世界②
光學魔術師的繼承者

崔宰訓 著　　朴鍾浩 圖

新雅文化事業有限公司
www.sunya.com.hk

讓人驚豔的光之世界

在這個世界上，光的存在彷彿是理所當然的，時常會讓人忘記了感恩。事實上，世上萬物當中，能像光一樣千變萬化，用途多樣的物質並不多。多得光，人類實現了很多以前做不到的事情。

首先，光是世界上速度最快的物質，雖然眾多科學家一直在努力尋找比光速更快的物質，但是到目前為止都未能找到。如果誰能研究出比光速更快的飛行速度，那他一定能當之無愧地成為諾貝爾物理學獎的得獎者。

然而，要選最有魔術效果的光之能力的話，那應該是光創造了這個世界上存在的所有顏色。假如沒有光，所有物質的顏色都顯現不出來。事實上，所有顏色都是光創造的作品。或者可以說，所有動植物散發出來的色彩魅力，其實都是由光賦予的。

那麼從現在開始，與可素和比比一起進入光與色彩的魔術世界吧！

崔宰訓

比比

可素的好朋友。S博士的對手兼好朋友C博士的女兒，經營着比比TV。

可素

S博士的兒子。雖然平凡，但是盡得天才機械工程師爸爸的真傳。偶爾也會發揮出一些過人的才能。充滿好奇心，經常將疑問掛在嘴邊。

S博士

可素的爸爸。天才機械工程師。本來在大企業的研究所裏工作，後來因為想專注於自己的研究而辭職了。他什麼都能製造出來，什麼都能修理好。比起本名孫聖手，大家更喜歡稱呼他為S博士。

C博士

S博士的對手兼好朋友，女兒比比是個天生愛好幻想的孩子。

安祖與安奇

智能市裏最優秀的魔術師和他的兒子。

目錄

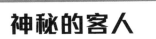

神秘的客人

在某個連流浪貓都感到昏昏欲睡的黃昏，有一位客人來到夢想研究所，打破了寂靜的氛圍。

就是這裏嗎？除了不能修理的東西以外，一切都能修理好的地方？

老闆在嗎?

一位被夕陽斜輝照耀着的可疑客人,他那長長的影子覆蓋在S博士身上,讓他眼前變得漆黑。

是誰的影子擋住了光?

S博士的童年回憶一下子全部回來了。「魔術師的高超手法我還記得很清楚。對於智能市的孩子們來說，魔術師安祖就是英雄啊！」

那時候的人氣，比偶像歌手還要高呢！

「對了，安祖先生為什麼來到這裏呢？」

「我聽說，這裏什麼東西都能修理好。這個也可以修理嗎？」

「這是用來做什麼的？」

「這是魔術燈箱，是可以利用光線將玻璃上的圖案投射放大的裝置。」

蠟燭在燃燒時產生的煙從這裏排出去。

印有圖案的玻璃

蠟燭發出的光照向鏡頭。

鏡頭

蠟燭

全靠這個魔術燈箱，大家才認識我這個光學魔術師。

哇噢，這完全是古董啊！

安祖的眼睛裏充滿着喜悅與哀傷交織的淚水。安祖本來是想將這台燈箱傳給他的魔術繼承人。但是到現在，他都還未能找到繼承人。

15

看了直播的人們開始瘋狂留言，轉發視頻的人數也是數之不盡。

可素在想像自己成為魔術師的畫面：穿着黑色的斗篷，戴着長長的帽子，揮動着魔術棒的模樣！

可素魔術師最強！

跟我合照吧~

咔嚓

咔嚓

噗

頭大的男生果然特別有魅力啊！

嘿，我也想成為魔術師。

你頭這麼大，一定什麼都能做好的！

18

魔術燈箱？我想要！

　　安祖認真地說：「但是，想成為繼承人，必須要先通過測試。」

　　「測試就是像考試一樣嗎？我討厭考試。」可素很不情願地說。

討厭測試的話，就不能得到燈箱了哦！

啊~啊~我的魔術燈箱！

怎麼辦好呢？做繼承人並不簡單啊。

跳

跳

跳

「不是那麼容易過關的啊，可素小子！」

安祖翻開了自己的破舊斗篷。

本來以為，斗篷裏面會裝滿各種魔術道具，但是居然是掛滿了……各種雜物。

這次測試就
用這個吧！

什……
什麼？

安祖在斗篷裏
拿出一個馬克杯。
他到底想表演什麼
魔術呢？

安祖先將水倒進杯子裏，

然後投進一個硬幣。

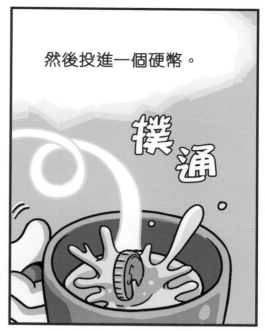

然後安祖一邊插入吸管，一邊說：
「現在，我會表演用吸管吸食硬幣的神奇魔術。」

第一輪測試的內容就是：破解這個魔術的竅門。

安祖一口氣將杯裏的水吸乾了。這時候神奇的事情發生了！

可素看出玄機了。
「這個魔術與光的折射有關!」

吸管實際看起來
應該是直的。

浸在水裏時,因為
光的折射,看起來
就像折斷了一樣!

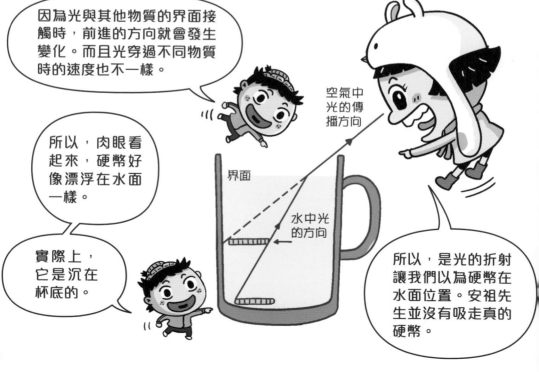

因為光與其他物質的界面接
觸時,前進的方向就會發生
變化。而且光穿過不同物質
時的速度也不一樣。

所以,肉眼看
起來,硬幣好
像漂浮在水面
一樣。

實際上,
它是沉在
杯底的。

空氣中
光的傳
播方向

界面

水中光
的方向

所以,是光的折射
讓我們以為硬幣在
水面位置。安祖先
生並沒有吸走真的
硬幣。

可素揭開了馬克杯魔術的秘密，
通過了第一輪測試。

安祖再一次翻開斗篷，這次拿出了一支手電筒和一個三稜鏡。
「如果你連這個魔術的奧秘也能揭開的話，我就承認你通過測試了。」

你們應該知道，三稜鏡能製造彩虹吧？

咔嚓

哇，是彩虹啊！

不知道呢。我第一次見三稜鏡。

「彩虹產生的原因當然也是因為光的折射吧！」S博士忍不住插嘴了。

白光射入三稜鏡的瞬間，

本來隱藏在鏡內的光就會相互向不同方向發散。

閃亮~

現在進行神聖的繼承人測試，你就不要插嘴了，行嗎？

再插嘴會被勒令退場，知道嗎？

掛上

是，抱歉！

嘭

嘭

裁判

可素的眼睛裹閃爍着光芒，一看就知已經解開了魔術之謎。

秘密就是，魔術師先生的手中藏着另一塊三稜鏡！

他怎麼能一眼就看穿這種高級魔術的奧秘呢？

可素不以為然地回答說：「既然彩虹是由三稜鏡製造出來的話，那我認為，能讓它消失的，應該也是三稜鏡，嘻嘻！」

開心！

測試全部通過！

可素成功通過了繼承人測試，開始接受正式的繼承人課程。可素希望成為魔術師之後，在網上開一個個人影片頻道。

今晚在我的公演裏開始上第一節課。不要遲到啊！

第一個影片就從魔術燈箱開始吧！

我來幫你營運個人頻道吧！

另一方面，C博士躲藏在研究所的對面，看到了這一切。
「呃……魔術師課程？聽起來就像騙案。我女兒為什麼那麼喜歡跟那個小子在一起呢？」

用光打造的禮物

傍晚時分，有人正在翻找 S 博士的倉庫。
「貴重物品一定會藏在最裏面。」

這裏藏着一些在黑暗中也能看見東西的夜視動物。一起來找找吧。

喵

吱吱

一直在倉庫翻找的黑影，在角落裏發現了一個保險箱。「呵呵，原來放在這裏。」

為什麼感覺像被人監視着？

41

「爸爸，你在那裏幹什麼？」
「還以為有小偷，嚇死我了。」
「我才被你嚇死呢！我在找送給安祖先生的禮物。
那是為了我唯一的兒子。」

你不會是自己在這裏偷吃好吃的，被我發現了吧？

你以為我像你一樣貪吃嗎？

43

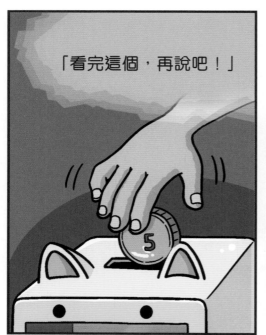

「看完這個，再說吧！」

S博士笑着把硬幣投進錢箱中。

投進

噹

吃掉～

硬幣不見了！爸爸，你是怎樣做到的？

看見可素好奇得頭痛欲裂，S博士趕緊
說出了錢箱的秘密。
「呼！秘密就在這裏面。」

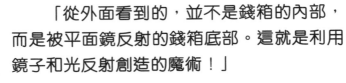

「從外面看到的，並不是錢箱的內部，而是被平面鏡反射的錢箱底部。這就是利用鏡子和光反射創造的魔術！」

從底部反射的光線 →

從鏡面反射進入眼睛

光反射是指光接觸物體表面後，部分被反射回來的現象。我們通過鏡子看到的事物，也是鏡子表面的光反射現象造成的。

「這個是彩繪玻璃，又叫有色玻璃。」
「這種破舊東西，又有什麼用啊？」

48

S博士打開手電筒照射彩繪玻璃，玻璃散發出華麗的光芒。

「彩繪玻璃被光線照射的時候是最漂亮的。」

我的身體也變得五顏六色了！

氧化銅使玻璃呈現綠色　　　氧化鈷使玻璃呈現藍色　　　硒使玻璃呈現紅色

古時候，人們還會在窗戶上用各種顏色的玻璃拼出不同的圖案……

通過窗戶，營造出很有氣氛的照明效果。

彩繪玻璃就是藝術啊！

哦，氣氛很好呢！

紅色玻璃裏含有銅粒子，會將白色光裏面的藍色光波和綠色光波吸收掉，只讓紅色光波反射或穿透。

白色光
（紅＋藍＋綠）

被反射的
紅色光波

所以，看起來會更紅。

藍色光波
和綠色光
波被吸收

穿透玻璃的
紅色光波

雖然送給安祖先生的的禮物已經準備好了，
但是S博士還是覺得有所欠缺。
「沒有再特別一點的東西了嗎……？」

過了一會兒，一直站在S博士後面的
孩子們被嚇得張大嘴巴顫抖。
「啊！爸爸……爸爸的腰！」

S博士剛剛是在腰上圍了一塊特別的黑色布。

你們應該不知道什麼是納米碳管黑體吧？

我以為腰真的不見了。

飄揚

上當了！

納米碳管黑體，是目前開發出的物質當中，顏色最黑的物料。因為它會吸收所有的光，所以看起來就像一個漆黑的空間，因此又被稱為「會吞噬顏色的黑洞」。

接受我的光攻擊吧！

任何顏色，這塊布都能吸收掉99.965%！放馬過來！

進入這裏的光線，會在像蜘蛛網一樣的網格之間不停碰撞，最後全部被吸收掉。

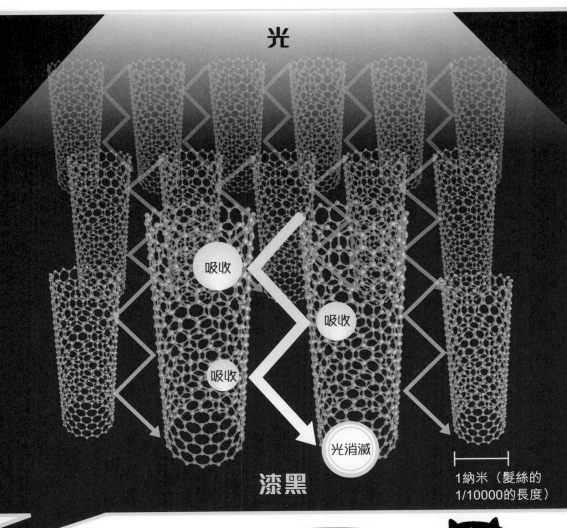

S博士將這些體現光性質的
禮物誠意滿滿地交給兒子。

充滿光與色彩的夜晚

可素和比比騎着單車向市內進發，智能市的夜幕漸漸降臨。但是，城市裏的各種光源將夜空照亮，喚醒出另一種生機。

比起白天，好像晚上更精彩呢！

又圓又大的月亮將智能市照耀得更閃亮。

這時候，可素和比比的頭頂上出現了一束束綠光。

不久前，應有盡有超市老闆方頭先生找S博士訴苦。

「超市擴充經營之後，客人反而變少了，真的令人擔心呢。有沒有什麼好辦法啊？」

「如果做廣告宣傳大減價，應該會有更多客人來吧？」S博士回答說。

「派大減價促銷傳單這種事，我一直都有做。除了這個，沒有什麼可以讓人一眼就看見的宣傳方法嗎？」

那麼，激光廣告怎麼樣？

激光？用激光可以怎樣做？

大部分光線都會向四方散射。但是利用特別的裝置，不僅可以將光線增強，還可以讓光不散開，直線照射到數百米以外的距離。

☀ 激光光線形成的原理

共振腔

高反射率
鏡面

如果將激光的溫度提升，它還可以成為武器呢！

碎裂

射 射

喂喂，我只是一名超市的老闆，對征服宇宙不感興趣！

激光還可以照射到天空中，製成廣告效果呢！

能量

半反射鏡面

激光光線

劲減

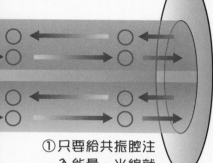

① 只要給共振腔注入能量，光線就會依據共振腔裏面的介質向兩端的鏡面來回反射並增強。

② 強度增強的光線穿過半反射鏡面上的小孔射出。

哦哦～這就是我想要的東西！

S博士果然是天才啊！這次一定可以吸引客人！

67

雖然從單車上摔了下來，但幸好可素沒有受傷。
不過比比卻非常生氣。
「究竟是誰，為什麼開這種危險的玩笑！」

我沒事，而且我好像知道犯人是誰。

可素指着道路前方的反光鏡說：
「犯人就在這個反光鏡裏面！」

這裏什麼都能清楚看見！

為了引起路人的警覺而設置在街角的反光鏡，是用凸透鏡做成的。雖然凸透鏡中反映的物體看起來會比實際體積小，但是可以看到的範圍更廣。所以可素才能輕易發現藏在小巷裏的犯人。

設置在商店天花角落裏的凸透鏡

凸透鏡一般應用在需要看到更廣闊空間範圍的地方。

設置在道路入口或三岔路口的凸透鏡

掛在汽車車門上的倒後鏡也是凸透鏡！

比比一點都沒把可素的話聽進耳朵裏。因為她好像知道鏡子裏反射出來的人是誰。

「還以為可素那小子只有頭大，他什麼時候開始變得這麼聰明？」

C博士怕比比認出自己，於是趕緊開始逃跑。

繼續去找安祖的路上，比比變得有點不好意思。因為凸透鏡反射事件的犯人，竟然是自己的爸爸。可素發現了比比的心思。

爸爸們本來就會有很多擔心嘛。看看這包大行李，我爸爸也是這樣啊！

可素不但是頭大，心胸也很廣呢！

終於到達魔術師安祖的公演場地了。
「哇！比想像中更帥氣呢！」

快進去看看吧！

傳奇魔術師的告別作

可素和比比到達了公演場地後，嚴格的繼承人課程開始了。艱苦的訓練漸漸讓可素筋疲力盡。

為了成為真正的魔術師，
可素不停反覆練習基本技能。

再快點！現在這種水平，
連入門都不夠！如果想騙
過觀眾的眼睛，速度至少
要再快兩倍！

練習練到我的
手都不見了！

比比啊，醒一醒！
真是太單純了，這
都被騙……

被艱苦的訓練折磨得筋疲力盡的可素向比比訴苦。

「沒想到，要成為魔術師居然這麼辛苦……」

「你這段時間一直做得很好啊，馬上就能結束了。」

我不要當魔術師了，呀呀……

再堅持一下吧！

掙扎
掙扎

唰唰
唰
唰

安祖用有氣無力的聲音說道：
「本來今日，我決定舉行我的魔術告別演出的，但是……如你們所見，我的身體似乎應付不了表演了。」

咳咳！
咳咳！

可素！你可以代替我表演嗎？

魔術表演……我？

懵~~~~~

咕嚕嚕

看來他真的很慌張呢，比起大腦，腸胃的反應更快。

這時，觀眾席上有人大聲叫道：「表演究竟什麼時候開始啊？」可素吃驚地回頭一看，那裏坐着一位奇怪的觀眾。

表演是跟觀眾的一個約定，你們會遵守約定的吧？

這麼快就有觀眾入場了！

觀眾就觀眾吧，為什麼戴這麼奇怪的頭套過來。

您真的是生病了嗎？

來，快點準備表演吧！

安祖用力將可素推上舞台。這時……

哦哦哦~

搖晃

兩個人一起從樓梯上滾了下來。
「啊啊！我的頭，我的頭感覺怪怪的……」

滾滾滾

但我的頭腦卻越來越清晰！

很痛啊！

過了一會，可素準備好了，
自信滿滿地登上了舞台。

轉
轉 轉

這個舞台對我來說
一點也不陌生！我
已經在直播裏看過
很多次了！

89

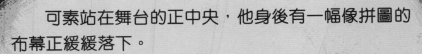

可素站在舞台的正中央，他身後有一幅像拼圖的
布幕正緩緩落下。
「呼，鎮靜一點。可素，你一定能做好的！」

各位觀眾，奇幻的光
魔術表演正式開始！

哇

登登登登登

那樣複雜的圖案，是什麼魔術呢？

在安祖的指示下，表演正式開始。
雖然可素和比比都十分緊張，但是他們
與安祖的配合還是十分完美。

馬上去到1號
位置，把頭伸
出去！

是！

按綠色按鈕！

是！

安祖準備了一個利用色光三原色：紅色、綠色和藍色：來完成的燈光魔術。

「將兩種顏色混合在一起繪成圖案，再用特定顏色的光線照射，就可以製造出有趣的『尋找隱藏圖案』的魔術。」

看，只用綠色燈光的話，就只會出現龍的圖案。

嗚哇，真的很神奇呢！

用藍色燈光的話，就會看見隱藏的鯨魚圖案。用紅色燈光的話，就會看見隱藏的鳳凰圖案。

綠色燈光

☀ 光之三原色

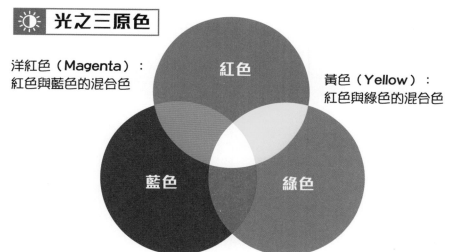

洋紅色（Magenta）：
紅色與藍色的混合色

紅色

黃色（Yellow）：
紅色與綠色的混合色

藍色

綠色

青色（Cyan）：
藍色與綠色的混合色

如果用圖案上沒有的顏色光線照射，光線就會被吸收，變得昏暗。

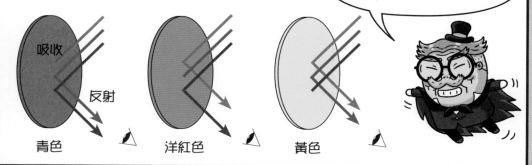

吸收

反射

青色

洋紅色

黃色

表演不知不覺來到了尾聲，雖然可素
已經十分疲憊，但是他仍然堅持到最後。

在紅色燈光下，被火包圍的鳳凰覆蓋
整個舞台。現場觀眾紛紛起立歡呼拍掌。

這雞冠頭是誰？

多得可素和比比的積極參與，安祖的告別演出完美地落下帷幕。安祖一邊拿出自己的魔術棒和魔術帽，一邊對可素說。

現在我宣布可素正式成為我的繼承人！以後的演出就交給你了。

哇！得到魔術棒了！

好帥啊！你真的成為了魔術師！

他是安祖的兒子安奇。在離家出走之後，
一直沒有他的消息，現在又突然出現在這裏。
但是安祖十分決絕。

就算是我兒子，我也
不會改變主意。只有
在這個公演裏表現出
色的魔術師才會成為
我的繼承人。

你真的是一點都沒有
改變！爸爸，你就從
來都沒有愛過我！

哦！

噠

哇

我的髮型啊！

原本不相信兒子的安祖，在看了可素給他的影片後，內心頓時感到一陣滿足。

「我兒子一個人在外面，也成長得這麼優秀呢……」

安祖明白了利用光學原理變魔術的兒子跟自己其實非常相似。

「消失的大象」魔術秘密大公開！

煙霧掩蓋舞台的瞬間，將木柱與木柱之間的鏡子放出。

鏡子

「從小我就很喜歡爸爸變的魔術，甚至還會偷偷練習爸爸的魔術。」

生氣 但是，我很討厭一直將魔術看得比家人更重要的爸爸！

爸爸，我好餓~

等我變完這個魔術就煮給你吃！

聽到兒子說的話，安祖默默留下眼淚。
「我那樣做也只是為了家庭。」

只要這個魔術成功，我就可以帶安奇出去吃大餐了！

因為我想多賺些錢，讓我們家的生活過得更舒服。

現在，兩父子終於明白了對方的心意。兩個人緊緊擁抱在一起，眼淚像瀑布一樣傾瀉而下。

看着感人的父子重逢場面，S博士決定為他們製作一份特別的禮物。
「送一份代表着未來希望的彩虹禮物給他們，怎麼樣？」

怎樣能把彩虹送給他們呢？

咀嚼
咀嚼

直接製作一個就可以啦！只要知道原理，並不是什麼難事。

本來是直線照射的陽光，在遇到空氣中的水蒸氣後會被反射和折射，所產生的現象就是彩虹。水蒸氣就相當於三稜鏡的作用。在晴朗的日子，背對太陽光，用噴霧器向空中噴灑水分，也可以製造出小型彩虹。

噴噴

汪汪

113

「有其父必有其子」魔術表演的主持人由可素擔任。對曾短暫成為安祖的繼承人的可素來說，擔任這個角色非常榮幸。

不是迷魂，是迷幻！

下面將由智能市最優秀的兩位魔術師為我們帶來……

迷魂的魔術表演！

終於，輪到魔術師們登場。

我就是爸爸，

我是兒子，這是我們父子分開十年之後的拍擋演出。

117

安奇利用光的性質，製造了一個幾可亂真的假安祖。
這是利用全息技術來完成的分身魔術。

☀ **分身魔術的原理**

❶從天花板向地面投射激光。

激光光線

全息影像裝置的整體模樣

哇，空中飛人魔術？

好像安祖在空中飛一樣。

鏡子

❸膠片生成的影像再次反射到傾斜而立的鏡子裏。

全息影像膠片

全息影像之所以能形成，全賴光的波動。立體反射的光波互相交叉，就能形成多樣化的紋樣。這種紋樣被稱為干涉紋。每一個物體都是由特有的干涉紋形成的。

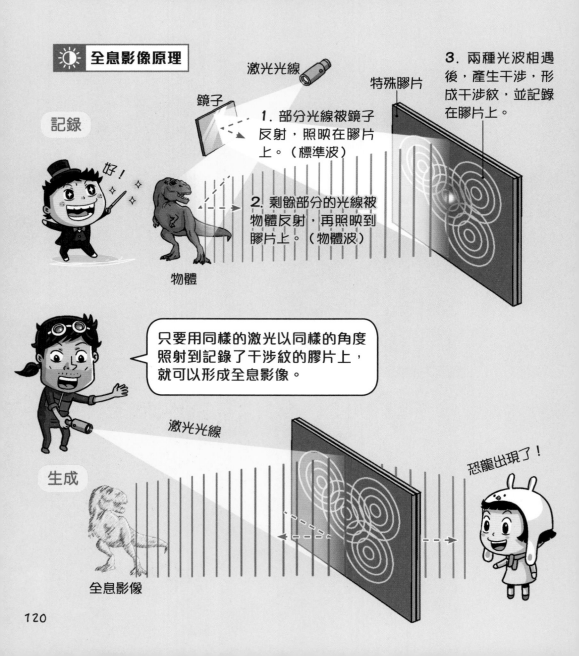

全息影像原理

激光光線

鏡子

特殊膠片

記錄

1. 部分光線被鏡子反射，照映在膠片上。（標準波）

2. 剩餘部分的光線被物體反射，再照映到膠片上。（物體波）

3. 兩種光波相遇後，產生干涉，形成干涉紋，並記錄在膠片上。

好！

物體

只要用同樣的激光以同樣的角度照射到記錄了干涉紋的膠片上，就可以形成全息影像。

激光光線

生成

恐龍出現了！

全息影像

比比TV
實時留言
5.5萬

觀眾一邊歡呼一邊鼓掌。

正在實時直播的比比頻道也人氣爆燈。在線觀看兩父子魔術表演的收視人數超過十萬人，實時留言區的留言也十分踴躍。

厲~~~~害！收視人數過十萬人啦！
再這樣下去，會達到100萬人吧？

那日下午，可素偷偷地將安祖送給他的禮物給了比比。因為他知道，比比也和他一樣，非常喜歡魔術。

拿着！我剛剛在路上撿到的。

是終生免費入場券！

入場券

終身免費

可素，你沒有成為繼承人，是不是很失望啊？

……好像有點失望，又好像沒有。

到底怎樣才能把他們兩個分開呢？

望着被晚霞籠罩的智能市，比比對可素說：「可素，其實你已經成為了世界上最偉大的魔術師了。」

「為什麼？」

「因為沒有一個魔術能讓分開了十年的安祖父子和好如初，重獲幸福了。」

「是……是嗎？」

「今天的晚霞，好像比平時更美呢！」

其實比比的心更美呢！

嗯，好像在慶祝這個特別的日子一樣！

正沉浸於晚霞浪漫氣氛的可素和比比突然聽到背後傳來一把熟悉的聲音。
「你們想不想知道形成紅色晚霞的光散射原理啊？」

唉，這個聲音真掃興！

「讓我告訴你們，霞光只在清晨和傍晚出現的原因吧？」

比比和可素沒有回答，默默走過去扶起單車，飛快地駛向遠處。

「要趕緊逃跑，不讓爸爸妨礙我們，用光的速度！」

S博士用欣慰的眼神注視着可素和比比的背影。

「他們兩個真是合襯。」

孩子們，還有一輛單車呢！怎麼辦？

踩
踩
踩

玩轉科技世界 ②
光學魔術師的繼承者

作　　者：崔宰訓 (Choi Jaehun)
繪　　圖：朴鍾浩 (Park Jongho)
翻　　譯：何莉莉
責任編輯：趙慧雅
美術設計：蔡學彰
出　　版：新雅文化事業有限公司
　　　　　香港英皇道499號北角工業大廈18樓
　　　　　電話：（852）2138 7998
　　　　　傳真：（852）2597 4003
　　　　　網址：http://www.sunya.com.hk
　　　　　電郵：marketing@sunya.com.hk
發　　行：香港聯合書刊物流有限公司
　　　　　香港荃灣德士古道220-248號荃灣工業中心16樓
　　　　　電話：（852）2150 2100
　　　　　傳真：（852）2407 3062
　　　　　電郵：info@suplogistics.com.hk
印　　刷：中華商務彩色印刷有限公司
　　　　　香港新界大埔汀麗路36號
版　　次：二〇二〇年十月初版